생명의 릴레이

전쟁 한가운데서 평화를 꿈꾸는
한 팔레스타인 가족 이야기

옮긴이 오근영
일본어 전문 번역가로 활동하고 있다. 옮긴 책으로 《하룻밤에 읽는 세계사》《연애편지의
기술》《이상한 나라의 토토》《명탐견 마사의 사건 일지》《도키오》《르네상스의 미인들》
들이 있다.

생명의 릴레이

1판 1쇄 2013년 10월 28일　**1판 10쇄** 2025년 3월 25일

지은이 가마타 미노루　**그린이** 안도 도시히코　**영역** 피터 바라칸　**옮긴이** 오근영
펴낸이 조재은　**편집** 김성은 임중혁 김지훈 김인정 박시영 이단비
디자인 이수정 나지은　**마케팅** 조희정　**관리** 정영주

펴낸곳 (주)양철북출판사　**등록** 2001년 11월 21일 제25100-2002-380호
주소 서울시 영등포구 양산로 91 리드원센터 1303호　**전화** 02-335-6407
팩스 0505-335-6408　**전자우편** tindrum@tindrum.co.kr
ISBN 978-89-6372-095-1 03830　**값** 9,000원

잘못된 책은 바꾸어 드립니다.

어린이제품
안전특별법에 의한
기타표시사항
――――――――――――
품명 아동 도서
제조자명 (주)양철북출판사
제조국명 대한민국
사용연령 8세 이상

양철북

전쟁 한가운데서 평화를 꿈꾸는 한 팔레스타인 가족 이야기

생명의
릴레이

가마타 미노루 지음 | 안도 도시히코 그림 | 오근영 옮김

양철북

차례

사랑의 릴레이는 두 발의 총성으로 시작되었다

The 'Relay of Love' began with two gunshots.

난민 캠프의 개구쟁이, 아흐메드

아흐메드는 열두 살 소년.

까무잡잡한 피부, 살짝 뻗치는 검은 머리칼에 짙은 눈썹.

무엇보다 긴 속눈썹 아래 까만 눈동자가 인상적이다.

웃으면 큰 눈이 작아져 초승달이 된다.

함께 있으면

어느새 주위 사람까지 덩달아 웃게 만드는 얼굴.

별명은 '와하시', 아랍어로 '개구쟁이'라는 뜻이다.

작은 몸집에 에너지가 가득 넘치는 아이다.

아침이면 아흐메드는 식구들 중 가장 먼저 일어난다.

세 형들이 자고 있는 방에서 혼자 이불을 박차고 나와서는

안마당에서 기르는 병아리들을 보살핀다.

엄마와 함께 가꾸는 식물에 물을 주기도 하고,

때로는 가족들의 아침을 차려 놓기도 한다.

성적은 학년에서 으뜸.

그렇다고 벼락치기 공부를 하는 건 아니다.

숙제는 번개처럼 해치운 다음,

그림을 그리거나 열 살 아래 여동생과 놀아 주거나,

그도 아니면 가장 좋아하는 기타 연습을 한다.

난민 캠프의 개구쟁이지만 누구보다 싹싹한,

아흐메드 하티브는 그런 소년이다.

아흐메드는 바다를 본 적이 없다.

에메랄드 빛으로 눈부시게 빛나는 지중해는 집에서 20킬로미터

남짓이지만, 소년에게 바다는 달나라만큼 멀게 느껴진다.

하티브 일가가 사는 곳은

요르단 강 서쪽, 팔레스타인 자치구 제닌에 있는 난민 캠프다.

자치구를 나와 이스라엘 땅을 밟지 않고는 바다로 나갈 수 없다.

이스라엘로 가는 도로 곳곳에 검문소*가 있고,

기관총을 겨눈 군인들이 서 있다.

아흐메드는 늘

난민 캠프 바깥세상을 보고 싶다.

넓은 세상을 훨훨 날아다니고 싶다.

팔레스타인 소년이

지중해 바닷가를 자유롭게 뛰어다닐 수 있는 날은 언제쯤일까?

* 팔레스타인 사람들은 검문소를 지날 때마다 신분증을 제시해야 한다. 도로와 마을 곳곳에 설치된 검문소 때문에 팔레스타인 사람들은 출근하거나 등교하기 위해 매일 몇 시간을 기다려 검문소를 통과해야 하는 불편한 생활을 하고 있다.

Ahmed was a 12-year old boy
living in a Palestinian refugee camp.
He dreamed of leaving there
one day to see the world.

쌓이는 증오와 슬픔

유대인은 오랫동안 박해를 받아 왔다.

종교의 차이 때문이었을까?

유대인은 땅을 소유하는 것이 금지되어 농사를 지을 수도 없었
고, 장인이나 상인이 되는 길도 제한되어 있었다.

그래서 모두가 꺼리는 금융업에 뛰어드는 사람이 많아서일까?

이유 없는 편견을 받아 온 것도 사실이다.

주변의 가혹한 시선에도 불구하고 묵묵히 살아와서 그런지

유대인 중에는 부지런한 사람이 많다.

제2차 세계대전이 벌어졌을 때 유럽에서는

나치에 의해 홀로코스트(유대인 대학살)가 자행되었다.

6백만 명이라는 어마어마한 숫자의 사람들이

단지 유대인이라는 이유만으로 가스실로 보내졌고,

잔인하게 죽임을 당했다.

커다란 슬픔이었고, 세계는 이를 가엾게 여겼다.

1948년에는 팔레스타인 땅에 이스라엘이라는 나라가 세워져

전 세계에 퍼져 있던 유대 민족이

고대 이스라엘 왕국이 번영을 구가했던 땅으로 돌아왔다.

이때부터 또 하나의 비극이 시작되었다.

그곳에 살고 있던 팔레스타인 사람들이 졸지에 집을 잃고

난민이 된 것이다.

자기 집에서 쫓겨난 사람이 70만 명이 넘었다.

그들 대부분이 집을 떠날 때 자물쇠를 채워 놓고 나왔다.

'팔려고 비워 놓은 집이 아닙니다.'

라고 쓴 쪽지를 문에 붙이고

마음속으로는 반드시 돌아올 것이라고 굳게 다짐하면서.

계절이 수없이 바뀌고, 세월은 흘렀지만

난민 캠프의 생활은 계속되었다.

그렇게 시간이 흐르면서 천막이 함석지붕이 되었고,

이윽고 콘크리트 집이 들어서기 시작했다.

아이가 어른이 되고, 그 어른의 아이가 태어났다.

팔레스타인 난민의 수는 현재 5백만 명에 이르렀다.

언제부턴가 고향을 기억하는 이보다 모르는 이가 더 많아졌다.

임종을 앞둔 팔레스타인 아버지들은 오래된 열쇠를 아들에게

맡기며 유언 아닌 유언을 남긴다.

"언젠가는 고향 집으로 꼭 돌아가야 한다."

In 1948 the state of Israel was created,
giving an opportunity for Jews scattered
around the world to return to
the land of their ancestors.
But at the same time,
a sad story began for many Palestinians
who were driven from their homes,
to become refugees.

난민 캠프에서의 생활밖에 모르는,
자식들에게 남기는 간절한 유언이다.

기억은 그렇게 대대로 이어져 내려왔다.
팔레스타인 각 가정에서는 지금도 고향 집 열쇠를 소중히
간직하고 있다.
아흐메드 하티브 가도 할아버지 대에 고향에서 쫓겨났다.
난민 캠프에서 태어나고 자란 아흐메드의 아버지 이스마엘 역시
할아버지에게 받은 낡은 열쇠를 소중히 간직하고 있다.
고향에 대한 기억은 세대를 넘어 차곡차곡 쌓여만 간다.
고향을 빼앗은 자에 대한 미움도 세월과 함께 쌓여 간다.

이제 60여 년의 세월이 흘렀다.
세계 여러 나라에서 이주해 온 이스라엘 사람에게도,
전부터 살고 있던 팔레스타인 사람에게도,
이 땅은 고향이다.

하나의 집이지만, 두 가족 모두에게 추억이 깃든

무엇과도 바꿀 수 없는 집이다.

그래서 두 '나라'는 치열하게 서로를 미워한다.

미움이 커지니 그 미움은 폭력이 되고, 폭력은 전쟁을 불러왔다.

사랑하는 사람을 빼앗긴 슬픔은 다시 새로운 미움을 낳았다.

슬픔의 사슬이 꼬리를 물고 이어진 것이다.

소년의 검은 눈동자가 바라본 것

아흐메드의 검은 눈동자는,

평화로운 나라에서 태어나고 자란 아이들과는 다른 것을

보아 왔다.

날아다니는 총알,

흘러내리는 피와 쏟아져 나온 내장,

죽어 가는 생명.

이스라엘이 점령한 팔레스타인 자치구에서는

사소한 다툼이 불씨가 되어

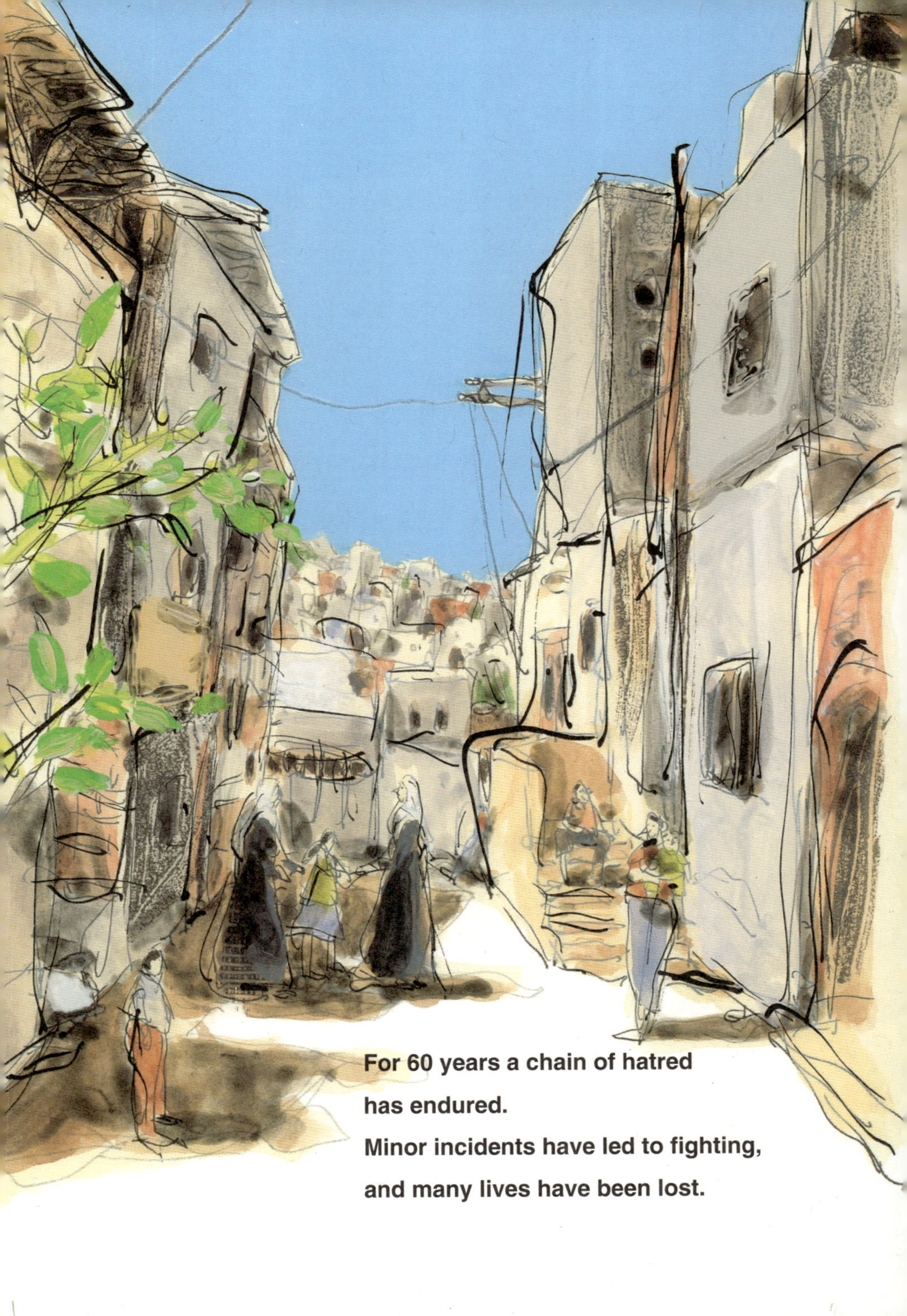

For 60 years a chain of hatred
has endured.
Minor incidents have led to fighting,
and many lives have been lost.

이스라엘군과 팔레스타인 저항 조직 사이에 전투를 하기도 한
다. 그 싸움에 말려들어 같이 놀던 친구가 죽기도 한다.
생명이 이렇게 가볍게 여겨져도 되는 것일까?

2002년 4월, 아흐메드가 아홉 살 때
제닌 난민 캠프에 이스라엘군이 쳐들어왔다.
난민 캠프를 탱크로 에워싼 뒤 대포를 쏘아 댔고,
장갑차로 건물을 짓뭉개 버렸다.
캠프 안에 사람이 있는데도 아랑곳하지 않았다.
제닌 난민 캠프는 이스라엘에 대한
과격한 저항 조직의 본거지로 알려져 있었다.
스스로의 목숨을 희생하면서 공격하는
'자살 테러' 용의자들이 이곳 출신이라 알려져 있다.
한번은 유대교도의 중요한 축제일에,
팔레스타인 사람이 자살 테러를 일으켜서
이스라엘 사람이 스무 명 이상 희생된 적이 있었다.

이스라엘 군인이 제닌 난민 캠프를 쳐들어온 것은

그에 대한 보복을 하기 위해서라고 했다.

아흐메드의 집은 화를 면했다.

하지만 이웃에 살고 있는 삼촌 집에 이스라엘군이 쳐들어왔다.

꼼짝없이 '인간 방패'가 된 것이다.

이후 집을 잃은 아흐메드의 친척 스물두 명이 한집에 모여

복닥거리며 살았다.

전투는 2주나 계속되었고, 그 시간 동안 남은 가족들은

두려움에 떨며 지내야만 했다.

이스라엘군이 물러갔을 때 난민 캠프에는 쓰레기가

산더미처럼 쌓였다.

발견된 유해는 52명분. 건물은 3백 채 이상이 파괴되었고,

집을 잃은 사람이 4천 명이나 되었다.[*]

[*] 국제인권보호단체(휴먼 라이트 워치)의 조사 보고에 의함.

When Ahmed was 9, the refugee camp
where he lived was attacked by Israeli forces.
It was reduced to rubble,
and everywhere they were tears and anger.

마을에 슬픔이 넘쳤다.

증오가 넘쳤다.

분노가 넘쳤다.

장례식에서 이렇게 외치는 사람들이 있었다.

"복수하라!"

아흐메드는 마음이 아팠다.

팔레스타인 사람들도, 유대인들도

왜 사이좋게 지내지 못하는 걸까?

이런 식으로 서로를 미워하고 죽인다면,

도대체 누가 행복해질 수 있을까?

아무도 행복해지지 않을 거라고 아흐메드는 생각했다.

밖에서 친구들이 전쟁놀이를 하자고 부를 때도

싫다고 했다.

아무리 장난감이라도

총 따위는

만지고 싶지 않았다.

대신 기타를 안고 노래를 불렀다.

즐거운 노래,

마음이 편안해지는 노래를 불렀다.

가시 돋친 사람들의 마음을, 세상을,

노래로 둥글게 둥글게

만들고 싶었다.

**Ahmed did not
play combat games
with his friends,
preferring to play
his guitar and sing.**

미래를 싹둑 잘라 버린 두 발의 총성

'제닌 학살'이라 불린 끔찍한 비극이 있었지만
아흐메드는 밝은 미소와 싹싹함을 잃지 않았다.
언젠가 난민 캠프를 나가 넓은 세상을 보고 싶다는
꿈도 조금씩 키워 갔다.
하지만…….

이슬람력으로 9월 한 달 동안
이슬람교도는 해가 뜰 때부터 질 때까지 단식을 하는데

In November 2005,

the festival to celebrate the end of Ramadan began.

That morning, dressed in his best clothes,

Ahmed left the house

with a kisses from his mother.

이를 '라마단'이라 한다.

2005년 라마단이 끝나는 날 아침,

아흐메드는 오랜만에 아버지에게 용돈을 달라고 했다.

라마단이 끝나는 것을 축하하는 파티에 초대를 받은 것이다.

하나밖에 없는 양복에 맬 넥타이가 필요했다.

집을 나서는 아흐메드를 어머니가 불러 세웠다.

"양복이 잘 어울리네. 새신랑 같구나."

어머니는 아흐메드를 꼭 껴안고는 세 번 입맞춤을 해 주었다.

아흐메드는 아버지에게 받은 용돈을 오른손에 꼭 쥔 채

친구랑 장난을 치면서 온 동네를 헤집고 다녔다.

기다리고 기다리던 파티여서 소년의 마음은 춤이라도

추고 싶을 만큼 설렜다.

달리다 보니 저 앞 옷가게 유리창에 알록달록한 양복들이 보였다.

늘 무시무시한 풍경의 난민 캠프지만

그곳만큼은 꽃이 활짝 피어 있는 것만 같았다.

탕!

날카로운 소리가 조용한 공기를 갈랐다
아흐메드가 무너지듯 쓰러졌다.
배에서는 시뻘건 피가 솟구쳐 올랐다.
몸부림을 치면서 일어서려고 했을 때,

탕!

두 번째 총알이 날아와
아흐메드의 관자놀이를 관통했다.
소년의 미래가 거기서 툭!
끊어졌다.

Ahmed ran through the narrow streets
of the refugee camp,
on his way to a friend's house.
Suddenly a gunshot rang out,
piercing the silence.
Hit in the stomach Ahmed collapsed,
and as he tried to stand up
a second bullet hit him in the temple.

장난감 총 따위는 갖고 있지 않았다

"아흐메드가 이스라엘 저격병이 쏜 총에 머리를 맞았다!"
아버지 이스마엘은 연락을 받자마자
슬리퍼를 신는 둥 마는 둥 하며 뛰어나왔다.
거리엔 수많은 이스라엘 군인들로 넘쳤다.
'아흐메드를 살려 주십시오. 지켜 주십시오.'
사람들로 북적대는 거리를 헤치고 뛰어가면서
아버지는 간절히 기도했다.
불과 10분 전에 씩씩한 웃음을 얼굴 가득 담고 집을 나선 사랑하는 아들에게로 달리고 또 달렸다.

슬리퍼가 벗겨져 넘어질 뻔하는데도 달리고 또 달렸다.

아흐메드는 총을 맞은 곳 바로 옆에 있는

팔레스타인 지구의 병원으로 옮겨졌다.

하지만 이곳에서는 손쓸 도리가 없다는 통고를 받았다.

바로 구급차로 이스라엘 북부 하이파에 있는,

최신 의료 시설을 갖춘 병원으로 갔다.

이미 혼자 힘으로는 호흡도 하지 못해

기계로 심장을 움직이고 있었다.

아들과 함께 구급차에 탄 이스마엘은 생각했다.

'적국의 병원이라도 괜찮다. 우리 아이를 살릴 수만 있다면…….'

곧 집중 치료실로 옮겼다.

치컥, 치컥…….

인공호흡기 소리가 울리는 가운데 아들의 손을 어루만지며

말을 걸었다.

With his life in danger,
Ahmed was rushed in an ambulance
to an Israeli hospital.
That day was the first time
he was allowed to pass through
the border checkpoint.

ANCE

“아흐메드, 죽지 마, 죽으면 안 돼! 살아야 해! 반드시 살아나야
해!”
잠깐 쉬는 게 좋겠다는 말에 이스마엘은 병원 대합실로 갔다.
텔레비전에서는 이스라엘인 기자가
‘제닌 난민 캠프에서 과격파와의 전투가 있었다’는 뉴스를
전하고 있었다.

아흐메드 사건도 뉴스 중에 언급되었다.
“군 당국의 발표에 따르면…… 부대가 총격을 받고,
약 130미터 앞의 무장한 남자에게 발포했습니다.
그러나 나중에 확인된 바에 따르면 상대는 열두 살 소년으로
그 자리에서 발견된 총은 플라스틱 제품이었다고 합니다.
장난감 총을 갖고 놀던 소년을 오인 사격한 것입니다.”

뉴스를 들은 이스마엘은 고개를 흔들며 중얼거렸다.
“내 아들은 장난감 총 따위는 갖고 있지도 않았어.”

그날 난민 캠프 안에서 전투가 있었던 것은 사실이다.

하지만 아흐메드는 장난감 총 같은 것은 가지고 놀지 않았다.

이스마엘의 뇌리에 목격자의 이야기가 지나갔다.

"나무 아래에 숨어 있던 저격병이 갑자기 소년을 향해

총을 쏘았어요.

아이가 쓰러지니까 가까이 다가가더니

한 번 더 총을 쏘더라구요.

아이는 장난감 총은커녕 아무것도 들고 있지 않았어요.

더구나 두 번째 총은, 바로 저기 말 동상 쪽에서 쐈어요.

30미터밖에 안 되는 거리죠.

그 거리에서 무장한 어른과 나들이옷을 차려입은 아이를

착각할 수 있을까요?"

An Israeli soldier
had shot Ahmed
from just 30 meters away.
He said he had mistaken him
for an armed militant,
because he was playing with
a toy gun. Ismael finds
that hard to believe.

아들의 장기를
적국의 아픈 아이들에게

아흐메드가 하이파의 병원으로 이송된 지 40시간이 흘렀다.

의자에 앉지도 않은 채

곁에서 아들만 지켜보던 이스마엘을 주치의가 불렀다.

"유감스럽게도……."

그리고 이어진 이야기는 세 팀의 의사들이 따로따로 검사를 했

고, 세 팀 모두 뇌사로 진단했다는 말이었다.

긴 침묵이 이어지다가

주치의가 다시 입을 열었다.

"지금부터 제가 하는 이야기를 듣다가 못 참겠으면 즉시
이야기해 주세요. 바로 멈추겠습니다."

그것은…… 장기 이식에 대한 제안이었다.

"우리 병원에도 다른 병원에도
큰 병에 걸려 생명이 위태로운 아이들이 많이 있고,
그 아이들은 건강한 장기를 필요로 합니다.
유감스럽게도 이제 아드님의 생명을 구하기는 힘들지만
아드님의 장기로 그 아이들을 살릴 수가 있습니다.
다만……."

말하기 괴로운 듯 주치의는 잠시 망설이다가
이윽고 말을 이어갔다.

"장기를 제공하는 쪽에서 이식해 줄 상대를
선택할 수는 없습니다.
국적도, 민족도, 종교도 말이지요.
그러니까 장기를 받을 환자는 이슬람교 신자가 아니고,
그리스도교 신자나 유대교 신자가 될지도 모릅니다."

Ahmed's father, Ismael,
was praying for his son's survival.
An Israel doctor told him,
"I'm afraid there is nothing
we can do to save your son.
However, his organs could be
used to save other sick children."

이스마엘은 한참동안 고민에 고민을 거듭한 끝에 대답했다.

"아들의 장기를 이식해 주십시오.

하지만 심장만은 남겨 주고 싶군요.

심장만 아니라면 폐든, 간이든, 신장이든 동의하겠습니다."

주치의는 조금 더 시간을 갖고

깊이 생각한 뒤에 결정하라고 권했다.

급하게 결정했다가 후회하는 경우가 많다는 것을

지금까지의 경험으로 알고 있었던 것이다.

아흐메드의 아버지 이스마엘은

난민 캠프에서 연락을 기다리는 아내에게 먼저 전화를 걸었다.

그러고 나서 가족과 친척들,

난민 지구의 장로나 이슬람교 지도자와도 의논했다.

모두들 찬성해 주었다.

반대를 각오하고 상담한 저항 조직의 간부조차 이렇게 말했다.

"우리는 평화와 평등을 바라고 있어요.

아흐메드의 장기가 유대인 아이에게 이식된다 해도

그것은 우리가 좋아서 '테러리스트'가 되는 건 아니라는

메시지가 될 것입니다."

이스마엘은 생각을 거듭한 끝에 결단을 내렸고,

눈물을 흘리면서 주치의에게 알렸다.

"심장까지 포함해 모든 장기를 제공하겠습니다."

팔레스타인 사람인 이스마엘과 이스라엘 사람인 주치의는

서로 힘껏 포옹했다.

장기를 제공받을 사람은

기증자와의 적합성, 증상의 정도와 긴급성,

장기 이식을 기다린 시간 등을 고려하여 결정한다.

총을 맞은 날로부터 사흘 뒤.

아흐메드의 작은 몸에서 장기가 적출되어

세 군데 병원에서 이식 수술이 이루어졌다.

After much agonizing, Ismael made up
his mind to allow his son's heart,
lungs and kidneys be donated to sick
children in the country that killed him

신장은 네 살 여자아이와 다섯 살 남자아이에게.

폐는 또 다른 다섯 살 아이에게.

간은 둘로 나누어 6개월 된 아기와 57세의 여성에게.

그리고 심장은 아흐메드와 동갑내기인 열두 살 소녀에게.

이식받은 여섯 명 모두 이스라엘 국적이었다.

드루즈파라는 이슬람교 소수파 아이와

사막에서 생활하는 아랍 유목민, 베두인 아이도 있었다.

나머지는 유대인이었다.

마음의 수수께끼를 푸는 여행의 시작

일주일 뒤, 이스라엘에서 9천 킬로미터나 떨어진

일본의 한 신문에도

아흐메드의 죽음과 아버지 이스마엘의 용기 있는 결단이

소개되었다.

'아버지는 평화를 원하며, 적에게 장기 제공.'

위와 같은 제목의 자그마한 기사.

슬픔과 온화함이 함께 느껴지는,

깊은 호수 같은 분위기의 아랍인 남자 사진과

기타를 안고 있는 소년의 포스터도 함께 실렸다.

팔레스타인에서는 이스라엘인에 의해 죽임을 당한 사람을

'순교자'라 부르고는 포스터를 만들어 붙인다고 한다.

그런 포스터에는 어린이도 총을 겨눈 모습이 대부분이다.

그런데 아흐메드의 포스터는 달랐다.

소년이 든 건 총이 아니고 기타였다!

그리고 포스터 가운데에는 커다란 물음표가 있고,

아랍어로 작게 쓰여 있었다.

'팔레스타인 어린이들은 왜 살해당하는가.'

나는 그 기사를 오래도록 잊을 수 없었다.

큰 충격이었다.

마음속에서 파도 같은 것이 일렁였다.

사람이 어떻게 이런 일을 할 수 있을까?

만약 내 아들이

적의 나라에서 쏜 총에 맞아 목숨을 잃었는데

그 나라의 아픈 아이를 위해 심장을 이식해 달라고 부탁한다면 그 제안을 받아들일 수 있을까?

절대로 그렇게는 못할 것이다.

하지만 이 아버지는 아들의 장기를 적에게 내주었다.

도대체 무슨 생각으로 그렇게 했을까?

이스마엘은 신문에서 이렇게 말했다.

"우리 아이는 총을 갖고 있지 않았어요. 장기 이식을 결정한 것은

평화를 원하는 우리의 상징이라고 생각해 주기를 바랍니다."

그저 이렇게 말했을 뿐이었다.

그 말에 다 담지 못한 무겁고 깊은 생각을 알고 싶었다.

직접 만나서 듣고 싶다는 생각을 떨쳐 버릴 수가 없었다.

증오,

슬픔,

분함.

그 커다란 마음의 소용돌이를 어떻게 밀쳐 둘 수 있을까?

그 마음들을 어떻게 닫아 둘 수 있을까?

I-Minoru Kamata, a doctor from Japan-read
about this incident in a small article
in the newspaper 5 years ago.
I was intrigued that Ismael, a man
who had lost his child, could agree to
donate the boy's organs to children of a country
that was an enemy from his point of view.
I wanted to hear his story face to face.

증오와 슬픔의 문을 여는 열쇠

2008년,

체르노빌 방사능 오염* 지역에 가서 아이들의 진찰을 마친 다음

스위스 제네바로 갔다.

그곳 사람들이 우리 시민단체를 지원해 주고 있어서

그 보답으로 강연을 하러 간 것이다.

강연이 끝난 뒤 가진 작은 파티에서 나는 내 꿈을 이야기했다.

아흐메드의 기사를 읽은 뒤부터 줄곧 간직해 온 꿈을 말이다.

* 1986년 4월 26일 구소련 체르노빌 원자력발전소 4호 원자로가 폭발해, 히로시마에 투하된 원자폭탄 500개에 해당하는 방사성 물질이 벨라루시와 우크라이나 등으로 날아갔다. 방사성 물질에 오염된 곳에서 6천 명 이상의 어린이들에게 갑상선암이 발생했다.

아들이 이스라엘군의 총격에 희생당했다.

그럼에도 불구하고…….

사랑하는 아들의 장기를 이스라엘의 아픈 아이들에게 내주어

그 아이들의 생명을 구한 팔레스타인 아버지.

이 '그럼에도 불구하고'의 마음이

닫혀 버린 세상을 열 열쇠가 아닐까?

그 마음 안에 힘든 세상을 헤쳐 나갈

희망이 감춰져 있는 것은 아닐까?

지금 이 순간에도 팔레스타인과 이스라엘뿐 아니라

세계 도처에서 증오의 사슬을 끊지 못하고

폭력과 전쟁이 일어나고 있으니 말이다.

이라크와 아프가니스탄에서, 아프리카에서, 중국에서…….

증오의 사슬로 굳게 닫혀 버린 마음들.

그것을 여는 열쇠는 어쩌면 아라비아 사막에 감춰져 있는지도

모르겠다.

With help from people at the United Nations,
arrangements were made for me
to meet Ismael, and I headed for Palestine
in the summer of 2010.
I half expected to find a key to peace,
hidden in the sands of the Arabian desert.

장기를 준 아이의 부모도 만나고,

장기를 받은 아이의 부모도 만나

사람의 마음에 대해 깊은 이야기를 나누고 싶어졌다.

증오가 쌓인 땅에서 일어난, 생명의 릴레이에 관한 이야기를

책으로 만들고 싶은 꿈이 생겼다.

스위스에서 만난 사람들에게 기회만 있으면 내가 가진

꿈 이야기를 했다.

그리고 이것이 계기가 되어 내게도 작은 기적이 찾아왔다.

파티에 온 손님 중에 유엔에 관계된 일을 하는 사람들이 있었던

것이다.

"사람 찾는 일이라면 우리가 전문가죠.

우선 아흐메드의 아버지를 찾아보겠습니다.

장기를 이식받은 아이들의 부모도요."

그로부터 2주일 뒤, 그 사람들을 찾았다는 연락이 왔다.

이 일을 겪으면서 깨달은 것이 있다.

문제를 풀어 갈 실마리는 모두 사람들 속에 있다는 것을 말이다.

자신이 간직한 꿈을 포기하지 않는 것,

그리고 기회가 있을 때마다 주변 사람들과 나누는 것,

그러다 보면 그 꿈이 이루어질 기회가 찾아온다.

신문 한 귀퉁이에 실린 작은 기사를 발견한 지 5년.

드디어 내 진짜 여행은 시작되었다.

위험을 무릅쓰고 팔레스타인으로, 이스라엘로 가는 여정이

시작되었다.

사람의 마음은 커다란 물음표와 같다.

보통 때는 한없이 부드러운 사람이

증오와 슬픔과 공포 때문에

어처구니없이 잔혹한 짓을 저지르기도 한다.

그런가 하면 자신의 슬픔을 밀쳐 둔 채

다른 사람의 고통에 다가가는 사람,

증오해야 할 상대에게 오히려 사랑을 베푸는 사람도 있다.

절망 속에 있음에도 불구하고,

희망을 만들어 내는 사람들.

커다란 물음표에 대한 답을 조금이라도 찾고 싶어서

그리고 사람의 마음에 대해 제대로 알고 싶어서

나는 일본에서 9천 킬로미터나 떨어진 아라비아 사막으로의

여행을 시작했다.

나 역시 생명의 바통이었다

릴레이 경기에서 앞 주자가 다음 주자에게 넘겨주는 막대기를
'바통'이라고 한다.
반 세기가 넘는 동안
증오와 슬픔이 켜켜이 쌓인 땅 위에서 이루어진
생명의 바통 터치.

내 기억 속에도
하나의 바통 같은 시절이 남아 있다.

Organ transplants are a kind of 'relay of life'.
Of course there are other kinds too:
we pass the baton on in a variety of ways,
and in all sort of situations.
I too could be said to be a kind of baton—
I was brought up not by my birth parents,
but by a couple who adopted me
when I was little.

나를 낳아 준 어머니와 아버지는 나를 키우지 못했다.

대신 다른 사람에게 바통을 넘겼다.

제2차 세계대전이 끝난 지

5년째 되던 해였다.

돌이 지난 나를 거둔 이는

택시 운전사인 이와지로란 분이었다.

가난한 농가의 막내로 태어나 초등학교밖에 나오지 못했다.

아내도 심장병이 있어 살림은 매우 가난했다.

그럼에도 불구하고

두 사람은 피 한 방울 섞이지 않은 나를 거두어 키웠다.

'내가 너를 거두어 키웠다' 따위의 생색이나 푸념은

한 번도 없었다.

푸념은커녕 나약한 모습조차 보이지 않았다.

아주 엄격했지만

그 엄격함은 사랑에서 비롯된 것임을 안다.

내가 서른일곱 살이 되던 해에

여권 때문에 호적을 발급받기 전까지는

내가 두 분의 친자식이 아니라는 건 상상도 하지 못했다.

아버지 이와지로와 어머니 후미.

두 분이 거두어 준 덕에 나는 건강하게 자랄 수 있었다.

이렇게

생명의 릴레이는 여기저기에서 이루어지고 있다.

아라비아 사막을 향한 여행은

그 사실을 확인하기 위한 여행이기도 했다.

미움을 키우는 거대한 벽, 분리 장벽

2010년 8월 하순,

드디어 팔레스타인 땅에 섰다.

때마침 라마단 단식이 한창이었고,

날씨는 찌는 듯이 더웠다.

아아, 이것이 바로 그 악명 높은

분리 장벽*이라는 건가.

* 이스라엘이 점령지인 요르단강 서안에서 팔레스타인인이 많은 땅을 에워싸듯이
건설하고 있는 장벽 시설. '격리벽'이라고도 한다. 이스라엘 측에서는 '경비벽'이라
부른다. 구조는 장소에 따라 다르지만 높이 8미터, 두께 3미터의 콘크리트 벽과 전
기 펜스, 경비 도로, 수로, 철조망 등으로 이루어져 있다.

내 키의 다섯 배나 되는

거대한 벽이

이스라엘과 팔레스타인 자치구를 격리라도 하듯

끝없이 이어지고 있었다.

When I saw the separation wall
that the Israeli government had built
to surround the Palestinian territories,
I was dumbfounded.
This enormous wall continues
into the distance, robbing the Palestinian
people of their livelihood, and their pride.

이스라엘이 테러리스트의 침입을 막는다는 이유로
장벽을 세우기 시작한 것은 2002년.
전체 길이는 7백 킬로미터가 될 예정이고,
이미 4백 킬로미터 이상 완성되었다.

분리 장벽이 생기기 전까지 이곳은 민가가 들어차 있었고,
올리브밭이 펼쳐져 있었다.
분리 장벽은 팔레스타인 사람들의 생활과 긍지를 짓밟으면서
이어지고 있다.
분리 장벽이 생기는 바람에 한마을이면서도
서로 오갈 수 없게 된 지역도 있다고 했다.

"마치 게토 같군."
거대한 벽 앞에 멈춰 서서 중얼거렸다.
일찍이 유럽 각지에서 살던 유대인을 모아
강제로 거주하게 만든 거주지가 게토였다.

그 끝에 홀로코스트가 있었다.

유대인은 비극의 기억을 많이 가진 백성이다.

이스라엘에 사는 유대인은

홀로코스트에서 살아남은 사람들과 그 자녀들이다.

이런 일을 당하면 얼마나 괴로울지,

마음속 깊이 각인되어 있을 터.

뼈에 사무칠 정도로 알고 있을 터.

그것을 알고 있으면서도

똑같은 일을 팔레스타인 마을에 하고 있는 것이다.

물론 내가 사는 곳에도

차별과 편견은 있다.

아이들 세계에서는 집단 따돌림도 있다.

회사도 그렇고, 어른들도 다르지 않다

이웃끼리 험담을 하거나 근거 없는 소문을 수군거리기도 한다.

하지만 그런 짓을 해 봐야

아무도 행복해지지 않는다는 것을

다들 안다.

알고 있으면서도,

사람은 슬픈 짓을 한다.

안타깝게도 그것이 사람인 것이다.

사람의 마음 안에는 짐승이 있다.

따뜻한 마음도 있지만

심술궂은 마음도 있다.

부드러운 마음도 있지만
사악한 마음도 있다.
사람의 마음은 여러 색깔로 얼룩져 있다.
국적과 민족과 종교,
성별과 나이에 상관없이
모든 사람의 마음 깊숙이
숨어 있는 짐승.
마음속 짐승이
날뛰지 않도록 하려면
어떻게 해야 할까?

**There is a beast living
in the human heart.
Some hearts are warm,
but others have evil in them.**

소리 없는 외침이 메아리치다

총을 가진 이스라엘군의 삼엄한 검문을 마치고,

검문소의 긴 통로를 지나 제닌으로 들어갔다.

약속한 장소에 아흐메드의 아버지 이스마엘이 나와 있었다.

5년 전 신문에서 본 것과 똑같은 얼굴.

깊은 슬픔과 평온함을 함께 갖고 있는 얼굴.

먼저 이스마엘의 안내로 난민 캠프 묘지로 갔다.

독특한 모양을 한 무덤이 나란히 자리하고 있었다.

저마다 마음을 담아 심어 놓은 나무들이 있었다.

"여기에 아흐메드가 잠들어 있어요."

불쑥 이야기하고는 조용히 멈춰 서는 이스마엘.

그 옆에 나도 말없이 눈을 감고 손을 모았다.

'제닌 학살'로 희생된 사람들의 무덤도 같이 있었다.

올리브 잎을 흔드는 메마른 바람을 타고,

무수한 외침이 들려왔다.

우리에게는 살아갈 나라가 없다.

우리에게는 편안히 쉴 집이 없다.

우리에게는 돌아갈 고향이 없다.

아이들의 소리 없는 외침도 섞여 들려온다.

우리에게는 즐겁게 뛰어놀 장소가 없어요.

우리에게는 안심하고 공부할 학교가 없어요.

우리에게는 편안히 잠들 무덤조차 없어요.

With Ismael as my guide,
I headed for the cemetery in the refugee camp.
As I stood in front of Ahmed's grave,
I felt I could hear the cries of
countless souls deprived of their future,
echoing in the wind.

묘지를 뒤로 하고 아흐메드가 희생되었던 장소로 갔다.

열두 살에 별이 된 소년의 인생을 거꾸로 되짚어 간다.

넥타이를 사려고 했다던 옷가게, 코앞에 큰 말 동상이 있었다.

예전에 부상자를 구하러 가던 구급차가

이곳에서 이스라엘군의 폭격을 받은 일이 있었다고 한다.

그 자리에서 구급차에 타고 있던 의사가 죽었다.

그때의 구급차 파편으로 만든 것이 바로 저 말 동상이라고 했다.

슬픈 기억이 새겨진 기념상 아래에서

아흐메드의 미래를 끊어 버린 두 번째 총알이 날아왔다.

그 거리는 아무것도 들지 않은 소년과 무장한 남자를 구별하지

못할 리 없을 만큼 가까웠다.

그때 그 병사의 마음속에서 짐승이 날뛰었을 것이다.

분명 그 짐승이 방아쇠를 당기게 했을 것이다.

조용한 오후.

무심코 올려다본 하늘은 끝도 없이 파랗다.

소년이 쓰러진 곳에서는 복잡한 아쉬움과 슬픔이 느껴졌다.

죽을 거라고는 상상도 못 했겠지.

억울하지 않았을까? 살고 싶지 않았을까?

조용한 길 위에서 아이들이 놀고 있었다.

집집마다 벽에는 온통 총격 흔적.

벽이 울고 있다.

벽에 슬픔과 억울함이 흉한 얼룩으로 남아 있다.

미래를 짓밟힌 아이와, 젊은이들 마음에 남은 앙금.

눈에 보이지 않는 마음들이 보이기 시작했다.

There are children playing
in the streets of
the refugee camp of Jenin.
The walls of the houses are
pockmarked with bullet holes.
Even the walls are crying.

슬픔이 넘친다.

증오가 넘친다.

분노가 넘친다.

태양이 이글거리는 사막의 뜨거운 바람 속에서

나는 할 말을 잃었다.

평화에 익숙한 나이지만 머릿속에서는 가혹한 현실이 소용돌이

칠 뿐이었다.

누군가 내 어깨를 톡톡 두드렸다.

돌아보니 이스마엘이었다.

벽을 가리켰다.

빨강과 파랑과 검정 페인트로 무엇인가 쓰여 있었다.

"순교자 아흐메드 군, 영원히 잠들다."

고작 12년의 짧은 시간.

소년의 추억은

모두의 마음에 새겨져 이야기를 통해

입에서 입으로 전해질 것이다.

그 다음엔 가족과 친척 스물두 명이 복작거리며 사는

보금자리도 보여 주었다.

이제 안마당에 병아리는 없다.

하지만 아흐메드가 심어 놓은 나무들이 자라 잎이 무성하다.

이스라엘군과 팔레스타인 무장 조직의 전투가 시작될 때마다,

소년은 안마당의 나무로 올라가

발돋움을 하고 울타리 너머를 내다보았다.

아버지 이스마엘에게는,

아들의 눈이 울타리 밖 좁은 길이 아니라 그보다 먼,

드넓은 세상을 보는 것 같았을 것이다.

이스라엘인 의사의 망설임

아흐메드의 장기가 이스라엘 아이들의 몸에 이식된 지
5년이 흘렀다.

흘러간 시간의 소리를 다시 모으며 나는 걸었다.

처음 후송된 팔레스타인 지구의 병원은 아흐메드가 총을 맞은
곳에서 백 미터 정도 떨어져 있다.

"배에 한 발만 맞은 상태였다면 여기서 수술할 수 있었을 거예
요. 그러면 죽지는 않았겠죠."

간호사가 눈물을 글썽이면서 말했다.

다음에 이송된 이스라엘 하이파의 병원에 연락했더니

당시 주치의였던 리몬 샤프디가 집으로 초대했다.

이스라엘 병원에서는 환자가 뇌사 상태에 빠지면

의사가 나서서 가족에게 장기 이식을 제안한다고 했다.

그날 주치의는 이스라엘 병사의 총에 맞고 죽은 소년의 아버지

에게 차마 그런 이야기를 꺼낼 수는 없다고 생각했다.

하지만 병원장이 타일렀다.

"장기 이식을 할지 말지를 결정하는 것은 가족의 권리입니다.

제대로 설명해 주는 건 우리의 몫이에요."

주치의는 당연히 거절당할 거라는 예상을 하고

어렵게 말을 꺼냈다.

그런데, 이스마엘이 제안을 받아들여 깜짝 놀랐다고 했다.

리몬은 계속 말을 이었다.

"내 국적은 이스라엘이에요. 이스라엘에 살고 있지요.

그러나 민족은 팔레스타인인. 넓은 의미에서는 아랍인입니다.

종교는 기독교고요."

I went to see the doctor who had treated
Ahmed at the Israeli hospital,
and he welcomed his visitor from Japan.
He told me how hard it was to bring up
the subject of organ transplants to
a man who was about to see his child die.
"I expected him to say no." he said,
and he was amazed when Ismael agreed
to his suggestion.

한마디로 이스라엘인이라고 해도
다양한 인종과 민족, 종교를 가진 다양한 사람들이 모여 사는
것이다.

유대인 안에서도 유대인 이외의 소수파는 운신의 폭이 좁다.
같은 유대인끼리도 출신지에 따라 차별이 있다고 한다.
리몬도 그런 이유로 슬퍼하고 분노했던 경험이 있다.
그렇기 때문에 이스마엘이 내린 결단의 무게가 얼마나
큰 것인지 짐작할 수 있었다.

리몬 가족은 멀리서 온 나그네를 환영해 주었다.
부인과 아이들, 할아버지와 숙부까지 왔고,
손수 만든 음식을 내왔다.
"평화를 위해 애쓰는 손님이 우리 집에 온 것을 환영합니다."
부인은 기쁘게 나를 맞이해 주었다.

슬픔과 증오를 밀쳐 두고

이튿날에는 국경 근처에서 이스마엘과 만나기로 했다.

검문소의 긴 통로를 지나니 이스마엘이 있었다.

아흐메드의 심장을 이식받은 소녀의 집으로 향하던 중

이스마엘이 무거운 침묵을 깨며 입을 열었다.

"사실 제 형은 신장이 무척 안 좋았어요. 결국 이식 수술을

받지 못해 죽었죠. 장기 제공자가 있었더라면…….

아들의 몸 일부가 누군가에게 도움이 된다면

어느 나라 아이라 해도 상관없습니다."

I asked Ismael, "Why did you say yes?"
"I thought, if a part of my son's body can be
of use, it doesn't matter whether the person
who receives it is Palestinian or Israeli.
You don't ask a drowning person
their nationality or religion, do you?"
he replied calmly.

눈에 깊은 슬픔을 담은 채 조용조용 말하는 이스마엘.

지나간 과거가 내 귓가에서

슬프지만 아름다운 화음을 연주하기 시작했다.

이스마엘은 자신의 슬픔과 증오를 밀쳐 두었다.

중요한 건, 위독한 아이들을 살리는 일이니

그것만 생각하자고 마음먹었다.

나라, 민족, 종교의 차이 따위는 아무래도 좋았다.

그런 차이에 얽매이지 말자고 스스로 다짐했다.

그리고 망설임 끝에 승낙했다.

슬픔과 원망이 여전히 남아 있었다.

하지만 이스마엘에게는 괴로움 속에서도 존엄한 선택을 할

용기 또한 있었다.

"바다에 빠져 허우적대는 사람에게, '국적은? 민족은? 종교는?'

하고 물을 수 있을까요?

전 그저 사람이라면 해야 할 일을 했을 뿐이에요.”

적국의 사람에게 장기를 주어 이식한 것을 놓고 비판하는 이도

있었다.

돈을 받았을 거라며 의심하는 사람도 있었다.

그 비판과 비난 속에서 이스마엘이 했던 말이

바로 내가 신문에서 읽고 뭉클했던 그 말이었다.

“장기 이식은 평화를 바라는 우리 팔레스타인 사람들의

메시지라고 생각해 주기 바랍니다.”

이스마엘은 말한다.

“소중한 사람이나 물건을 빼앗겼을 때 그 상대에게 보복을 하면

증오의 사슬에 휘말리는 것입니다.

무기를 들고 싸우는 것만이 전쟁은 아닙니다.

싸우는 방법은 여러 가지가 있습니다.”

"Giving my dead son's organs was
a signal that we Palestinians
truly desire peace.
There are ways of fighting that
don't rely on weapons."

일찍이 이스마엘도 저항 조직에 몸담았었다.

이스라엘 병사를 향해 돌과 화염병을 던지기도 했다.

이후 아들의 장래를 걱정한 아버지의 권유로 결혼을 했다.

그리고 자신도 아버지가 되면서

무력으로는 아무것도 바꿀 수 없다는 것을 깨달았다.

겨우 시작한 옷가게를 이스라엘군의 포격으로 잃었을 때도,

장갑차가 와서 자동차 수리 공장을 짓뭉개 버렸을 때도,

그 마음은 바뀌지 않았다.

심지어 사랑하는 자식을 잃고도

그 마음을 바꾸지 않았다.

이스마엘은 평화로운 일상을 원할 뿐이었다.

아이들이 안심하고 뛰어놀 세상을 만들고 싶을 뿐이었다.

이렇게 쉬지 않고 기도하는 이스마엘에게

아들의 장기를 적국의 아이에게 제공하는 것은,

평화로운 내일을 얻기 위한 또 다른 전쟁과도 같은 일이었다.

이스마엘의 행동은 이스라엘 사람들의 마음에,

폭탄보다 훨씬 더 큰 충격을 안겨 주었다.

엄청난 어려움 끝에 내린 결정이기에

총칼로 싸우는 것보다도 더욱 큰 힘을 가진 싸움이었다.

아흐메드의 장기를 이식 받은 여섯 명 가운데

간을 이식받은 57세 여성을 빼고 다섯 명의 아이들은 살아 있다.

당장 내일도 위태로웠던 아이들이 웃음을 되찾은 것이다.

병원에 있던 아이들이 자전거를 타고, 바다에서 수영을 하고,

학교에 다닐 수 있게 된 것이다.

아흐메드의 심장과 폐와 신장이,

이스라엘 아이들을 살린 것이다.

나라끼리는 적일지라도 우리는 가족

심장을 이식받은 이스라엘 소녀 사마흐. 그 소녀가 사는 곳은

하이파에서 30킬로미터 북쪽에 있는 샤아브라는 곳.

나즈막한 산기슭에 있는 작은 마을이다.

집 밖까지 나와 기다리던 아버지 리야드 가드번은

60세의 버스 운전기사다.

내가 도착하자 뜻밖에도 그 자리에서 환영의 노래까지 만들어

불러 주었다.

I went with Ismael to visit Samah,
the girl who received Ahmed's heart.
Her father sang a song of welcome
for us.

“이스마엘이 일본 친구를 데리고 왔다네.

일본, 이스라엘, 팔레스타인, 제닌……

어디서 온 사람이든 모두 환영합니다.”

그런 뜻의 노래라고 했다.

가드번은 이 마을에서 민요 잘 부르는 것으로 꽤 유명하다고도

했다.

“전국적으로도 유명할 겁니다. 하하.”

가드번이 자랑스럽게 덧붙였다.

‘좋은 사람이구나.’

마음속으로 생각했다.

거실에 들어서자 가장 먼저 눈에 띈 건 아흐메드의 사진이었다.

그 사진을 보면서 사마흐의 엄마가 이야기를 시작했다.

“사마흐는 심한 심근증이었습니다.

의사가 장기 이식 말고는 치료할 방법이 없다고 했어요.

제가 해 줄 수 있는 방법이 없었어요.

아흐메드의 심장을 이식받은 뒤 딸은 건강해졌고,

고맙게도 우리 가족은 행복을 되찾았습니다."

무릎 위에 겹쳐 놓은 두 손을 그녀는 굳게 마주잡았다.

"그러나 아흐메드의 가족,

특히 어머니 마음을 생각하면 마음이 아픕니다.

얼마나 슬프고, 괴로우셨을까요.

아흐메드의 억울함과 가족들의 괴로움을 우린

결코 잊지 못할 거예요."

긴 침묵이 흘렀다. 그 침묵에서 말로는 다할 수 없는 생각이

들려왔다.

'이 사람은 심장을 이식해 준 소년의 어머니가 느꼈을 마음을

이해하려 하고 있구나.

슬픔을 함께하려 하는구나.'

There was a large photograph of
Ahmed in the living room.
"We'll never forget Ahmed.
The countries we live
in may be enemies,
but he is part of our family."
Samah's parents tearfully told me.

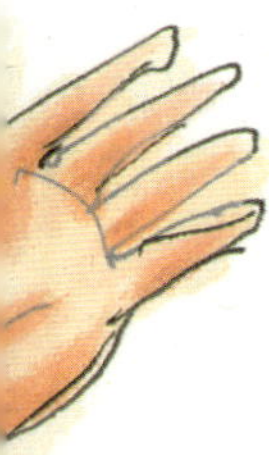

사마흐의 아버지 리야드가 말을 이었다.

"이스마엘 가족에게 받은 은혜를 영원히 기억할 것입니다.

팔레스타인과 이스라엘은 오랫동안 서로를 증오해 왔어요.

하지만 나라가 달라도 우리는 서로를 이해할 수 있습니다.

딸이 심장 이식을 받고 건강해졌을 때 가장 먼저

이스마엘의 가족에게 고맙다는 인사를 전하고 싶었지만

검문소를 통과할 수 없었어요.

그저 전화로 감사의 마음을 전하는 게 고작이었죠.

좀 더 자유롭게 오갈 수 있게 되면

우리는 더 가깝게 지낼 수 있을 겁니다.

하티브 가와 가드번 가는

마음으로는 이미 가족과 다름없다고 생각해요."

"적국 아이의 장기를 받는 것에 대해

마을 안에서 비판하는 사람은 없었나요?"

"병원에서 수술을 받을 때는 어떤 아이의 장기인지 몰랐습니다.

마을 사람들이 모두 나와 격려하며 배웅해 주었죠.

얼마 뒤 장기 제공자가 팔레스타인 아이라는 것을
알게 되었을 때도 마을 사람들이 모두 모여 아흐메드에게
감사의 기도를 올렸답니다."

따뜻한 공기가 방 안을 가득 채우고 있었다.

심장을 이식받은 소녀의 꿈

처음에 사마흐는 모르는 사람과는 만나지 않겠다고 했다가
내가 의사라는 것을 알고 만나 주었다.
가져간 선물이 마음을 조금 움직이게 했으려나?

사마흐 가드번은 꽃다운 열일곱 살이다.
낯선 나라에서 온 여행자와는
만나고 싶지 않은 게 당연한 나이다.
만나지는 못해도 가져간 선물은 전해 주고 싶었다.

Five years since the operation,

and Samah is now 17.

The heart that originally belonged to Ahmed,

a boy her own age,

continues to beat in her body now.

일본을 출발하기 전날, 우연히 들어간 가게.

하얀 바탕에 꽃무늬가 흐드러진 아름다운 옷이 눈에 들어왔다.

세일이어서 가격도 저렴했다.

이국적인 분위기니 좋아하지 않을까, 생각했다.

싸서 좋구나, 하는 생각도.

허리를 장식할 띠도 필요했는데

그건 세일을 하지 않아 비쌌다.

배보다 배꼽이 크지만 어쩔 수 없지.

큰마음 먹고 산 선물을 사마흐는 무척 마음에 들어 했다.

벚꽃 무늬 옷과 보라색 허리 장식이

하얀 피부와 갈색 머리칼에 잘 어울렸다.

그 덕분에 쉽게 마음을 열어 주었는지도 모른다.

눈부신 시기를 지나고 있는 사마흐.

상쾌한 바람이 불어온다.

열두 살 소녀의 몸에 이식된 열두 살 소년의 심장은
5년 내내 쉬지 않고 부지런히 움직여 주고 있다.

심장은 쓸데없는 생각을 하지 않는다.
심장은 증오를 담고 있지 않다.
'아름다운 심장이구나.' 생각했다.
아름다운 소년처럼 소녀도 날마다 아름다워진다.
건강한 사마흐를 보며 내 마음대로 생각의 나래를 펼쳤다.

사마흐는 수줍음이 많았다.
처음에는 내 질문에 그저 고개만 끄덕일 뿐이었다.
"아흐메드의 사진을 보고 무엇을 생각하니?"
라고 묻자 입술을 꼭 깨물고 나서 대답했다.
"심장을 이식받기 전에는 괴로웠어요. 그리고 이식을 받은
지금은 아흐메드와 그 가족에게 얼마나 큰 도움을 받았는지
생각할수록 감사할 뿐이에요.

Dressed in the cotton kimono
with a cherry blossom pattern
that I brought for her from Japan,
Samah told me about her dreams.
"I want to be a doctor,
and save lots of lives.
And I want to work for peace
between Israel and Palestine."

이식을 받기 전까지 나는 학교에 갈 수 없었거든요.

계단을 올라갈 수도 없었고요.

지금은 뭐든 할 수 있게 되어 얼마나 좋은지 몰라요.”

그러고 나서 눈을 반짝이며 말했다.

“내년이면 제가 열여덟 살이 되거든요. 전 의과대학에

가고 싶어요.”

“무엇 때문에 의사가 되려고 하지?”

“사람들에게 힘을 줄 수 있는 직업이라고 생각해요.

의사가 되어 많은 생명을 구하고 싶어요. 그리고,

이스라엘과 팔레스타인의 평화를 위해 일하고 싶어요.”

반가운 마음에 나는 힘껏 사마흐를 격려해 주었다.

“네가 의사가 되어 팔레스타인 아이를 한 명이라도 구한다면

평화를 쌓는 데 큰 힘이 될 거야.

지금 그 마음을 모쪼록 잊지 말기를 바란다.”

우리의 대화를 듣고 있던 이스마엘이 일어나

사마흐의 어깨에 살며시 손을 얹었다.

"아들의 심장이 사마흐의 몸 안에서 뛴다고 생각하니 신기해.

마치 아흐메드가 살아 있는 것 같구나.

심장은 하트이고, 하트에는 마음이라는 뜻도 있어.

아흐메드의 심장으로 숨을 쉬는 사마흐가 나는 왠지 가족처럼

느껴지는구나."

이스마엘의 눈가가 촉촉해졌다.

사마흐가 이스마엘 앞에 서더니 떨리는 목소리로 말했다.

"나의 두 번째 아버지라고 생각할게요."

아흐메드의 생명이 사막에 꽃을 피웠다. 또 하나의 생명의 꽃을.

이스마엘이 사마흐를 꼭 안아 주었다.

모두의 눈에서 눈물이 흘렀다.

Ismael hugged Samah,
who called him
"my second father."

이때 갑자기, 나는 이들을 둘러싸고 있는 생명의 테두리 같은 것이 느껴졌다.

릴레이 경기에서 하듯 심장이 바통이 되어 서로를 이어 준 기분이었다.

그 릴레이에 소중한 마음도 함께 전해지고 있으리라.

드넓은 세상을 보고 싶다는 꿈을 미처 이루기도 전에

목숨을 잃은 아흐메드.

소년의 미래는 열두 살에 멈췄다.

하지만

소년이 품었던 꿈의 바통은 한 소녀가 단단히 이어받고 있다.

소녀는 그 바통을 소중하게 움켜쥐고 꿈의 실현을 향해 달리기 시작했다.

콩당, 콩당, 콩당…….

아흐메드의 심장이 사마흐의 몸에서 힘차게 고동치고 있다.

소년의 꿈도 동갑내기 소녀의 마음속에서

살아 숨쉬고 있을 것이다.

앞으로도 내내 그러할 것이다.

The 'baton' that was passed on was
not just Ahmed's heart,
in the physical sense of the organ
taken from his body.
Something else of great importance
was passed on at the same time.
Ahmed's dream lives on in the body
of a girl his own age.

BOY

아흐메드가 남기고 간 숙제

가드번 가에서 돌아오는 길이었다.

"아직 절반……, 절반이야."

그때까지 싱글싱글 웃던 이스마엘이 심각한 얼굴이 되어

중얼거렸다.

"장기 이식은 아흐메드 스스로가 결정한 일은 아니었습니다.

아버지인 내가 망설이고 망설인 끝에 결정한 거죠.

5년 전 그날 나는 아들에게서 숙제를 받았다고 생각합니다.

팔레스타인 아이들이 밖에서 안전하게 뛰어놀 수 있도록

평화로운 세상을 만들어 달라는 숙제.

하지만 여기는 여전히 분쟁이 계속되고 있어요.

진정한 평화를 만들지 못하면

나중에 아흐메드를 볼 면목이 있을까요?

숙제는 아직 절반이나 남아 있습니다.”

팔레스타인 아이의 장기가

이스라엘 아이들의 생명을 구했다는 뉴스가 나오고 나서도

분리 장벽은 계속 건설되고 있다.

아흐메드의 장기를 이식받은 아이들의 가족만 해도

이스마엘네와 교류가 있는 사람은

드르주파의 사마흐 일가와 베두인의 한 가족뿐.

이들 모두 이스라엘 사회에서는 소수파다.

"The task that Ahmed
left us is only half finished",
Ismael told me.
Until peace comes to Palestine,
and children can play safely again,
Ismael's 'fight without weapons'
will go on.

이스마엘은

아들의 생명을 이어받은 아이들을 모두 만나고 싶다.

그 소망은 아직 이루어지지 않고 있다.

물론 모두 고마워하고 있다는 말은 전해 주었다.

하지만.

"고맙기는 해도 팔레스타인 사람과는 친구가 될 수 없어.

팔레스타인 사람들과 교류하면 나쁜 영향을 받을 거야."

실제로 이식을 받은 아이의 부모 중에

그런 말을 하는 사람도 있었다고 한다.

팔레스타인을 둘러싼 현실은 여전히 어둡다.

그래도 이스마엘은 포기하지 않는다.

지금 자신이 할 수 있는 방법으로

아들이 남긴 숙제를 이어 가려 하고 있다.

아흐메드의 일을 알고

세계 여러 나라에서 보내 준 성금으로

난민 캠프 아이들이 뛰어놀 수 있는 공간을 만든 것이다.

"아직, 절반이 남았어."

팔레스타인에 진정한 평화가 찾아올 때까지

이스마엘의

'무기에 기대지 않는 싸움'은 계속될 것이다.

평화의 배가 나아가는 에메랄드 빛 푸른 바다

이스마엘의 남겨진 숙제 이야기를 듣고 나서 생각했다.

지금 내가 할 수 있는 일은 뭘까?

이스마엘에게 필요한 건 뭘까?

도와주고 싶었다.

지중해를 자유롭게 뛰어다니고 싶었지만

바다를 볼 수 없었던 아흐메드를 대신해

이스마엘을 배로 초대했다.

I took Ismael for a trip on a boat

full of people who wish for peace.

He became friends with a Jewish woman.

The wall between Israel and

Palestine will be

broken down, too, one of these days.

평화를 기원하는 사람들을 가득 태운 피스보트*를 타고
지중해를 돌아보았다.
그리스, 이탈리아, 프랑스, 스페인 지브롤터 해협을 지나
모로코로 가는 여정.

이스마엘의 안주머니에는
열두 살에서 시간이 멈춘 아들의 사진이 들어 있다.
에메랄드 빛으로 푸르게 빛나는 지중해 한복판에
큰 눈이 초승달처럼 되도록 웃는
아흐메드가 있다.

배에는 이스라엘에서 온 여행자도 있었다.
30세 유대인 여성으로, 이름은 '돌'이었다.
팔레스타인 사람이 일으킨 자살 테러로
주변 사람들이 가족을 많이 잃었다고 했다.

* 세계의 평화와 인권, 지구 환경 보호를 목적으로 만들어진 일본의 시민단체.

이스라엘에는 이스라엘만의

완전히 용서할 수 없는 미움이 있었다.

그래선지 처음엔 그녀도 이스마엘을 서먹서먹하게 대했고,

이야기도 어색하게 흘렀다.

하지만 2주 동안 같이 여행하면서 조금씩 편안해졌다.

어느새 두 사람 사이에 벽이 없어지고 있었다.

서로 진심을 터놓고 이야기를 나누기 시작했다.

돌과 이스마엘과 내가

갑판에서 어깨동무를 하고 기념 사진을 찍었다.

이스라엘인과 팔레스타인인과 일본인.

나라도 민족도 종교도 다르지만

증오와 편견을 뒤로 한 채 하얀 마음으로 마주했다.

그랬더니 서로 통했다.

서로를 조금 더 이해할 수 있었다.

As Ismael says,

people are able to put their sadness

and hatred to one side,

and be kind to each other.

That is the great thing about

human beings.

그 사실이 기뻐서
마음 깊은 곳에서 웃음이 스며 나왔나 보다.
그래서 세 사람 모두 환하게 웃는 얼굴로
사진을 찍었다.

아하하하…….
아흐메드가 기뻐하며 웃는 소리가
들리는 것 같았다.

돌과 이스마엘.
두 사람 사이에 굳건했던 벽이 사라졌듯
사람들은 무너뜨릴 수가 있을 것이다.
이스라엘과 팔레스타인을 가르는
저 거대한 장벽도.
쌓이고 쌓이는 증오와 슬픔이 만들어 낸
두꺼운 마음의 벽도.

For a moment I thought
I heard Ahmed's voice too,
laughing happily from above.

'그럼에도 불구하고'의 마음으로!

아무 죄도 없는 아들이 살해당했다.

그럼에도 불구하고 아버지 이스마엘은

병에 걸린 아이들을 살리려고 했다.

사람이기에 다른 가치들을 위해서

증오와 슬픔을 밀쳐 둘 수 있었던 것이다.

나의 아버지 이와지로는

가난한 형편과 아내의 심장병이라는

두 가지 어려움을 갖고 있었다.

그럼에도 불구하고 그것을 밀쳐 두었다.

버림받고 갈 곳 없던 나를 거두어 주었다.

'그럼에도 불구하고'의 삶은 이처럼 멋지다.

'그럼에도 불구하고'의 삶을 살 수 있는 것이

사람이 가진 위대함이기도 하다.

'그럼에도 불구하고'에는 힘이 있다.

사람의 마음 안에 있는 짐승을 힘껏 밀어낸다.

아무리 깊고 쓰라린 상처를 입었어도

그 상처를 딛고 일어서려는 마음을 북돋아 준다.

테러와 분쟁이 끊이지 않는 증오의 땅에서

이스마엘이 실천한 '그럼에도 불구하고'.

거기에 아흐메드의 생명이 바통이 되어

생명의 릴레이가 시작된 것이다.

평화의 릴레이, 따뜻함의 릴레이다.

이 사랑의 이야기를

나는 책이라는 바통으로 바꾸어

세계의 모든 사람들과 이어 주고 싶었다.

이스라엘과 팔레스타인 아이와 어머니들에게도

이 책을 보여 주고 싶다.

언젠가 그 어머니들이 평화를 호소할 것이다.

언젠가 이 책을 읽은 아이들이 젊은이가 되어

평화를 원한다고 나설 것이다,

그렇게 되리라고 나는 믿는다.

As Ismael passed on
the baton of Ahmed's life,
with this book I too hope to
pass it on, to everyone
around the world.

작가의 말

5년 동안 줄곧 마음에 담고 있는 팔레스타인 남자가 있었다. 신문에 난 작은 기사를 읽고 꼭 한 번 만나고 싶다는 생각을 마음 한 켠에서 지우지 않았다. 이스라엘 병사의 오인 사격으로 목숨을 잃은 아들의 장기를 적국의 병든 아이들을 살리기 위해 내놓은 아버지. 그의 생각을 한 권의 책에 담고 싶었다. 그리고 만약 그 책이 반세기 이상 증오를 쌓아 오고 있는 팔레스타인 땅에 온기를 돌게 하는 계기가 된다면……?

어느 날 문득 정신을 차리고 보니 엄청나게 큰 꿈을 그리고 있었다. 소년의 아버지를 만나고 싶다는 생각이 강하게 들었다.

배를 타고 세계 곳곳을 항해하며 국제교류 활동을 하고 있는 시민단체 '피스보트' 등 중간에 여러 사람들이 나서서 애써 준 덕분에 여행을 떠날 수 있었다.

팔레스타인으로 떠난 여행을 통해 미움으로 얼룩진 땅에 따뜻한 소
용돌이를 일으킨다는 것이 얼마나 어려운 일인가를 통감했다. 요란
하지 않아도 좋고, 아주 작은 파문이어도 좋으니 그런 계기가 되는
책을 만들고 싶었다.

오래된 분쟁 지역인 팔레스타인 문제에서 시작하지만 결국 삶에 대
한 이야기를 담고 싶었다. 어느 한쪽의 나라를 일방적으로 편들거나,
매도하는 책은 쓰고 싶지 않았다.

사람의 마음 안에 숨어 있는 짐승에 대해 쓰고 싶었다.

그럼에도 불구하고 사람은 서로 이해할 수 있음을 보여 주는 책을
쓰고 싶었다.

두 발의 총성으로 시작된 열두 살 소년 아흐메드와 아버지 이스마엘
의 사랑에 대한 이야기를 간절히 담고 싶었다.

이 책이 거의 완성될 무렵 동일본 대지진이 일어났다.

곧 나는 사람들과 함께 후쿠시마 제1원전 주변 30킬로미터 권내에
의료 지원을 하기 위해 들어갔다. 미야자키 현의 이시마키 시에서는
목욕을 하지 못하는 이재민을 위해 '1,000인 욕실 프로젝트'를 시작
했다.

절망적인 광경이었다. 그럼에도 불구하고 나는 그곳에서 몇 가지 희망을 보았다. 도호쿠 지방 사람들의 따뜻한 마음, 인내심, 그 안에 담긴 위대함을 보았다. 도호쿠 사람, 팔레스타인 사람인 이스마엘, 그리고 모든 사람이라면 가지고 있을 마음의 힘에 대해 이야기하고 싶었다.

이 책을 팔레스타인과 이스라엘 어머니들이 읽으면 참 좋겠다.

살아 보니 남자들은 굴레나 역사에서 좀처럼 자유로워지지 못한다. 자신이 당한 일을 잊지 못한다고 할까? 그래서 남자가 중심이 된 평화 교섭은 실패의 연속인지도 모르겠다.

그에 반면 여자들은 유연하다. 여자들은 새로운 생명을 뱃속에 잉태하고, 그 아기를 낳아 키우면서 그 생명을 어떻게 해서든 지키겠다는 본능이 있는 것 같다. 그 순간 여자들은 자신의 굴레를 밀쳐 둔다. 이것이 여자들이 가진 위대한 저력이 아닐까? 머리로 생각하지 않고 온 몸으로, 평화의 존엄함을 이해하는 힘 말이다.

이스라엘과 팔레스타인뿐 아니라 전 세계 사람들에게, 사랑하는 아들 아흐메드를 잃은 슬픔을 애써 제쳐 둔 채 적국의 병든 아이들을 살린 이스마엘에 대해 알리고 싶었다.

심장을 제공해 준 이스마엘 일가에 대해 또 하나의 가족으로 여기고, '어른이 되면 나도 팔레스타인 어린이의 생명을 구하고 평화의 다리를 놓는 사람이 되고 싶다'고 말하는 이스라엘 소녀 사마흐의 이야기를 들려주고 싶다.

사마흐가 의사가 되어 팔레스타인 아이를 한 명이라도 구한다면 시대는 변할 것이다. 불신의 땅에서 다시 사람의 마음에 대한 믿음이 싹틀 것이다.

세계는 '계기'를 갖고 있다. 폭력이나 증오나 슬픔의 사슬을 끊는 계기를 기다리고 있다. 이스마엘이 아들의 심장을 제공한 일에서 비롯된 온화함의 릴레이. 이 '계기'를 잊지 않기 위해 나는 이 책을 만들었다.

엄마와 함께 그림책을 읽은 아이들이 어른이 되었을 때 아흐메드와 사마흐에서 시작된 생명의 릴레이가 세계를 변화시켜 나아가기 위한 따뜻한 힘이 될 것이라고 믿는다.

폭력과 분쟁이 끊이지 않는 증오의 땅에서 찾아낸 희망의 한마디! '그럼에도 불구하고'의 마음을 담은 이 책을 읽은 사람들이 새로운 파도를 일으켜 주기를 기원한다.

친구네 간다며 방금 집을 나선 아들이 총에 맞아 목숨을 잃었다!
세상의 어떤 부모도 상상하지 못할, 결코 일어나서는 안 될 비극이었
다.
그것도 모자라 그 아들의 장기를 아픈 아이들에게 기증하라니!
'나라면 어땠을까? 아흐메드의 아버지처럼 할 수 있을까?'
이 책을 쓴 이는 오래도록 가슴을 답답하게 했던 이 물음을 안고 그
아버지를 만나러 갔다.

잊을 만하면 뉴스로 전해지는 이스라엘-팔레스타인 분쟁 이야기는
우리에게는 너무 먼 세상의 일이라 그 자세한 내막에 대해 깊은 관
심을 갖지 않는다.
그 분쟁의 씨앗이 2000년 전에 심어진 것이라니. 그것도 같은 아브

라함의 후손인 두 민족의 갈등이라니 더 까마득해진다. 골이 깊기로 따진다면 우리의 남북 분단은 비교도 되지 않을 민족 간의 불화 아닌가.

지구상의 모든 종교는 평화를 외친다. 사랑과 자비를 가르친다.
그런데 왜 세계 여기저기에서는 반목과 분쟁, 심지어 테러까지 일어나는 걸까?
아흐메드가 살았던 곳은 테러를 방지하기 위해 쌓았다는 분리 장벽 너머, 팔레스타인 가자 지구의 열악하기 그지없는 난민 캠프였다.
살벌하기 그지없는 환경에서 태어나 어릴 때부터 전쟁놀이가 일상인 그곳에서, 기타 연주를 좋아하고 평화를 사랑했던 열두 살 소년 아흐메드의 눈에 비친 세상은 반목과 전쟁뿐이었을 것이다.
산으로 들로 뛰어다니며 놀아야 할 아이가 본 것은 죽고 죽이는 광경뿐이었을 것이다.

즐겁게 뛰어놀 장소가 없고,
안심하고 공부할 학교가 없고,
편안히 잠들 무덤조차 없다는 난민 지구의 아이들.

분리 장벽에 막혀 꿈을 펼치지도 못한 채 열 두 살에 별이 된 소년
아흐메드.

이제 아흐메드는 가고 없지만,
여전히 장벽은 꿈쩍도 하지 않지만,
살아남은 사람들의 숙제는 있다.
묵묵히 무기 없는 싸움을 계속 하는 아버지 이스마엘의 용기 있는
선택이 평화를 다시 한 번 생각하게 만드는 계기가 되었으면 좋겠다.